Promis mit Profil?!

Haupt

Häupter

Oberhäupter

Eine treffende Portrait-Karikatur ist ein auf Papier gepinseltes Augenzwinkern.

RUDI HANS BÖHRET

Best-of

meiner VIPikaturen aus zwei Jahrzehnten

Bibliografische Information der deutschen Nationalbibliothek
Die deutsche Nationalbibliothek verzeichnet diese Publikation in der Deutschen Nationalbiografie; detaillierte bibliografische Daten sind im Internet
unter http://dnb.d-nb.de abrufbar.

Erste Auflage 2021

Gesamtherstellung:
Herstellung und Verlag: BoD – Books on Demand, Norderstedt
Umschlaggestaltung und Karikaturen: Rudi Hans Böhret
Karikatur auf der Umschlagseite: Namentlich unbekannter Künstler auf der
Karlsbrücke in Prag
Diverse Grafiken: pixabay.de
Lektorat: Tobias Bumm

ISBN 978-3-7534-4202-0

Aus dem Ärmel und dem Federkiel geschüttelt

Wenn man wie ich mit Riesenschritten auf den nächsten RUNDEN zu-eilt, drängen sich geradezu zwangsläufig Gedanken auf, wie man in (eigenen) Erinnerungen schwelgen kann. Sei es auf künstlerischem, satirischem oder dichterischem Wege.

Und so soll dieses Büchlein eine Auswahl von Promi-Karikaturen aus zwei Jahrzehnten enthalten – von den ersten Strichen bis heute. Au-todidaktisch und authentisch. Zugefüttert mit gereimten Vierzeilern, die böse Mitmenschen auch gerne als Gehirnblähungen bezeich-nen.

Dabei erfüllt es mich mit großer Genugtuung – um nicht zu sagen mit Stolz – wie die GEZEICHNETEN auf meine Produkte reagierten. Ganz gleich, wie ich sie auch abbildete – als gerahmtes „Portrait" oder aktu-ell auf Mund-Nasen-Schutzmasken. Als absoluter Renner erwies sich jedoch meine Idee, Tassen mit ihren Konterfeis zu versehen und die so Geehrten beim täglichen Kaffeegenuss quasi Schluck für Schluck an ihren Erschaffer zu erinnern.

Auch mein wohl einmaliger Gag, im letzten Buch „Dann mal gute Besserung!" einige Gemälde alter Meister mit meinen VIPikaturen zu „schmücken", fand großen Beifall.

Inzwischen füllen die persönlichen Dankschreiben zwei dicke Ord-ner.

Vermutlich hielten es die Gesichts-Eigentümer mit meinem Slogan: „Besser vom Böhret gezeichnet als vom Leben!"

Vielleicht nimmt sich mancher Betrachter meiner geschönten Abbil-dungen diese gar zum VORBILD? Obwohl einige davon trotz diesmal größerer Abmessungen des Büchleins nicht zwangsläufig ebenfalls an FORMAT gewonnen haben dürften……

Ihr zu großem Dank verpflichteter Rudi Hans Böhret.

Karikierte Darstellung folgt auf karikiertes Verhalten

Kreative Energie kennt kein Alter. Oder steigt sie mit selbigem sogar? Man könnte bei Rudi Hans Böhret fast den Eindruck gewinnen. Seine Sammlung an VIPikaturen von Promis der letzten Jahrzehnte ist nicht nur eine künstlerische Bilanz. Sie spiegelt auch das (bundes)deutsche Leben wider – mit allen Höhen und Tiefen. Zudem schaut Rudi Hans Böhret auch über den nationalen Tellerrand hinaus. Denn im Ausland leben ebenfalls viele „Gestalten", deren Gesicht er so sehr karikiert, wie sie es mit ihrem Verhalten schon selbst hinbekommen. Doch die Zeichnung ist nur die halbe Miete. Der satirische Reimtext komplettiert die Persiflage. Erst in dieser Kombination entfaltet sich der wahre Humor. Und wem das nicht gefällt, der wird vielleicht irgendwann mal selbst von Rudi Hans Böhret als Promi bearbeitet.

Tobias Bumm

Der Autor

Rudi Hans Böhret genießt sein „zweites Leben" als (Un-)Ruheständler völlig smartphone-fummelfrei und genauso entspannt wie kreativ in seiner Drei-Flüsse-Heimatstadt Bad Friedrichshall.

Neben seinem „anständigen" Hauptberuf als Diplom-Verwaltungswirt (FH) eine jahrzehntelange erfolgreiche künstlerische Karriere als Maler, Karikaturist, Fotograf skurriler Schnappschüsse und Songtexter. *Ganz nebenbei* Autor von 17 heiter-satirischen Büchern unterschiedlichster Genres.

Achtzig Kunst-Ausstellungen – unter anderem gemeinsam mit Udo Lindenbergs *Likörellen* und Heiko Sakurais preisgekrönten politischen Karikaturen.

Er verfügt über ein schier unerschöpfliches Reservoir an Humor und zündenden Ideen. Bereits in Jugendjahren Mitglied des Kabaretts „Die Mittelreifen". Mitwirkung bei den „Strudelliteraten", einer Vereinigung von Literaturschaffenden. Nebenberuflich jahrelang Inhaber einer florierenden Gastspieldirektion, wobei er des Öfteren die von ihm engagierten Künstler selbst am Mikrophon ansagen durfte.

Als Pensionär entdeckte er zusammen mit Ehefrau Helga auf vielen Städtereisen und Kreuzfahrten die Welt.

Zehn Jahre lang gab er in einer Bad Rappenauer Reha-Klinik seine Begeisterung für die Aquarellmalerei an 4.000 Patienten weiter. Seine Neugierde auf immer Neues begleitet ihn bis heute. So ließ er sich zum 70. Geburtstag ein Tenor-Saxophon sponsern. Und im zarten Alter von 77 schloss er sich der einheimischen Ü 60-Karate-Gruppe an, deren spezielles Training ihm rundum Fitness schenkt.

Auch ohne zusätzliche Aufzählung seiner breit gefächerten Hobbys zweifelt man keinen Augenblick an seiner Behauptung, dass man aus seinem bereits heute recht erfüllten Leben problemlos – mindestens – drei *Normalbürger* schnitzen könnte.

Edmund Stoiber

Egal, ob Schärfe, ob Geduld:
Seine Reden waren Kult.
Ohne Komma, ohne Punkt
in manches Näpfchen auch getunkt.

Mit Edmund Stoiber schoss ich aus den Startblöcken.
Die erste VIPikatur meines Lebens war entbunden.
Dank seines markanten Profils hatte ich Blut geleckt und es sollten
mittlerweile 300 hämische oder lobende Zeichnungen aus allen Be-
reichen unserer Gesellschaft folgen.
DANKE EDMUND!

edmund

Angela Merkel

Wer hätte das von ihr gedacht?
Langlauf bis die Schwarte kracht.
D i e Kondition ist jetzt vonnöten,
sonst geht Gesundheit Deutschlands flöten.

„Miss Tschörmanie" liegt in den letzten Amts-Zügen.

10

Angela M.

Frank-Walter Steinmeier

Diplomat von Kopf bis Fuß,
seine Reden: Hochgenuss!
Ich könnt´ mir keinen Bess`ren denken,
um unser Vaterland zu lenken.

Joachim Gauck

Als Pastor aus dem Wende-Osten
ließ er uns beinah täglich kosten
von Freiheit und Demokratie.
So deutlich wurde es noch nie.

Horst Köhler

Horst Köhler fühlte sich beschissen
und hat den Job drum hingeschmissen.
Das Volk hat ihn gemocht, verehrt.
Doch scheinbar ist dies heut verkehrt…

frank-walter

horst

13

Barack Obama

Bush – graue Maus – war endlich raus
und *Farbe* zog ins *Weiße Haus*.
Kriegt´ er auch oftmals einen Dämpfer,
Chief Obama war ein Kämpfer.

barack

15

George W. Bush

George, der alte Texasreiter,
stimmte Amis nicht nur heiter.
Stur produzierte er viel Sch…,
wie weltweit heute jeder weiß.

george w.

17

Donald „first"

Kaum einer nimmt ihn noch für voll,
nur er selber find sich toll.
Wie darf ein Mensch ein Land regieren,
der nicht mal kann beim Golf verlieren?

„Fette Schildkröte, die in der heißen Sonne auf dem Rücken liegt und mit den Beinen rudert, weil sie realisiert, dass ihre Zeit vorbei ist!" (Moderator Anderson Cooper am 05.11.2020 bei CNN).

Als Angela Merkel sagte: „Der Islam gehört zu Deutschland", ließ Donald Trump sofort per Twitter auf der Weltkarte nachschauen, wo die bösen Deutschen jetzt schon wieder einmarschiert seien…

„Es gab noch nie eine Regierung, die das getan hat, was ich getan habe." (Original Donald Trump)

20. Januar 2021 – Song des Tages/Jahres/Jahrhunderts – :
„So ein Tag, so wunderschön wie heute….!"

Donald To-Go!

Die Abbildung auf der rechten Seite wurde meinem Buch „Dann mal gute Besserung!" entnommen.

Boris Johnson

Vom Ausseh´n her könnt man vermuten,
er sei verwandt mit Trump, dem Guten.
Doch unterstell ich immerhin,
dass er *nicht nur* hat Macht im Sinn.

Wenn in diesem Jahr Fasching stattfinden könnte, wäre das passende Kostüm der BREXIT.
Doch eigentlich benötigte man noch nicht einmal ein Kostüm. Man geht vielmehr auf die Party, sagt dauernd goodbye und bleibt danach einfach.

boris

Fidel Castro

Havanna und der Rumba-Tanz
verleihen Kuba strahlend Glanz.
Dazu spannt Fidel vor den Karren
schöne Frauen und Zigarren.

fidel

Kim Jong Un

Geschlitzte Augen, gelbe Haut,
hat sich´s mit Rest der Welt versaut.
Doch wär er wirklich so verrückt,
dass er aus Frust aufs Knöpfchen drückt?

Benjamin Netanjahu

Der Krieg mit Gaza ist von Dauer,
da hilft auch keine Klagemauer.
„Bibi", ein Taktiker der Macht,
hat mit dem Frieden sich verkracht.

kim jong un

benjamin

Staatspräsidenten als Vorbilder für Demokratie & Freiheit.

Unverständlicherweise wurde ich aber bei meinen Reim-Versuchen durch Ungereimtheiten so stark behindert, sodass die obligatorischen Vierzeiler auf dieser Seite leider entfallen müssen.

baschar

Lukaschenko

27

Recep Tayyip Erdogan

Für Machtgier und als provokant
ist Präsident weltweit bekannt.
Dabei vergisst sein Volk ja fast,
dass er nun plant `nen Protz-Palast.

Mesut Özil

In sich gekehrt beim Hymne-Singen,
will ihm das Kicken kaum gelingen.
Doch bei der Trauung – welcher Lauf –
trat Präsident als Zeuge auf.

Auf dem Weg zum Trainingsgelände macht sich Mesut schon mal mit Dribbelkünsten locker. Das sieht eine Oma. Mitfühlend sagt sie zu ihm: „Junger Mann, das nächste Klo ist gleich um die Ecke!"

recep

Hadschi
Mesut

Ein Blatt mit vier Damen

Hillary Clinton

„First Lady" war sie allemal,
verlor dann gegen Trump die Wahl.
Ihr Gatte Bill war recht *aktiv*,
doch mit Lewinsky ging es schief.

Marine Le Pen

Marine mag es gern radikal
mit der Partei „Front National".
Sie engagiert sich rechtsextrem,
ist dadurch reichlich unbequem.

Theresa May

Theresa folgte Cameron,
manchmal unsanft war ihr Ton.
Premierminister heißt der Job.
Vom Ausland gab es nicht nur Lob.

Melania Trump

Für *Camel* warb Melania,
und kaum war sie – das „Model" – da,
hat schon der Donald sie gefreit.
Zur Trennung wohl demnächst bereit?

hillary

marine

theresa

melania

170 Zentimeter geballte, lebenslange Hochleistungs-Demokratie:

Wladimir Putin

Fröhlich guckt der Putin Wladi,
kriegt er zum Wodka einen Radi.
Dank Schröder ist er wie ein Bruder,
der deutsche Mann schätzt Import-*Luder*.

Bei einer öffentlichen Fragestunde erkundigte sich ein kleines Mädchen, ob Putin denn gerne Brei zum Frühstück mag, ob man ihn gar in der Kindheit zwingen wollte, Brei zu essen und ob sich sein Verhältnis zu Brei mit zunehmendem Alter geändert habe.
Der Präsident antwortete: „Ich musste nie etwas machen, was ich nicht wollte. Brei esse ich jeden Morgen - auch heute noch. Überhaupt wurde mein Verhältnis zu Brei immer besser. Denn: Je weniger Zähne man hat, desto mehr mag man Brei!"

wladimir

33

Zwei Verflossene…

Nicolas Sarkozy

Als Erbe von Napoleon
regierte er die Grand Nation.
Wollt´ man ihn um die Früchte bringen,
ließ er die Carla Bruni singen.

Silvio Berlusconi

Notgeil nennt man ältren Mann,
der Sex gern hätte – falls er kann.
Signore mag, wenn junge Gören
auf Bunga-Partys ihn erhören.

Silvio Berlusconi ist 81 und hat eine 31-jährige Freundin.
Mach dir also keine Sorgen, falls du immer noch nicht die „Richtige"
gefunden hast. Womöglich ist sie ja noch gar nicht geboren…

nicolas

silvio

Vive la France!

Emmanuel Macron

Die Gattin ist schon leicht betagt,
doch wenn sich „Emma" mal beklagt,
dann, dass sein Volk es nicht versteht,
welch neue Wege er jetzt geht.

Francois Hollande

Dass er die nächste Liebe find,
düst mit dem Roller er geschwind,
falls von Julie herbeigerufen.
Sarkozy scharrt schon mit Hufen.

Jacques Chirac

Jacques war Charmeur, stets Etikette,
küsste Hände, runzlig, fette.
Er war ein Partner, un ami,
für die deutsche *Kolonie*.

emmanuel

francois

jacques

37

Sebastian Kurz

Sebastian Kurz aus „Ösi-Land"
zum jungen Kanzler ward ernannt.
Vor Konsequenzen kneift er nie
in Ischgl, dort beim Après-Ski.

Die Abbildung auf der rechten Seite wurde meinem Buch
„Dann mal gute Besserung!" entnommen.

The (old) Royals

Prinz Philip

Es kommt nur äußerst selten vor:
Ein Adliger mit Schwarz-Humor.
Mir gefällt der Royal-VIP.
Ein herrlich cooler Vorzeig-Typ!

Queen Elizabeth

94 zählt die Queen,
doch geistig fit noch immerhin.
Sie bremst gekonnt die Royals aus,
die spekulier`n aufs Königshaus.

Prinz Charles

Ohne Schloss und große Ohren
wär` ein Royal längst verloren.
Mag Sex-Geflüster via Phone.
In Warteschleife auf den Thron.

Lady Camilla

Sie bildete seit vielen Jahr`
mit Charles ein heimlich Lover-Paar.
Zur Herzogin ward sie beizeiten.
Ziert Illustrierten-Titelseiten.

prinz philip

lilibet

charles

Camilla

41

Helmut Kohl

Ganz Deutschland konnt` der Kanzler zeigen,
was man erreicht mit sturem Schweigen.
Ließ sich von östlich Bürgern ehren,
weil sie nun grenzenlos *verkehren*.

Kohl war nicht gerade als begnadeter Tänzer bekannt.
Als er auf einem Ball zu seiner Tanzpartnerin sagte:
„Es war sehr nett von Ihnen, mir diesen Tanz zu schenken", antwortete sie: „Aber keine Ursache, es ist doch ein Wohltätigkeitsball!"

Im Bundestag steht Kohl am Rednerpult. Plötzlich rennt seine Sekretärin zu ihm hin und sagt aufgeregt: „Entschuldigung, Herr Bundeskanzler, hier ist Ihre Rede. Was Sie gerade vortragen, ist die Menükarte aus dem Restaurant."

Kohls persönlicher Referent empfahl ihm, gegenüber Damen etwas charmanter zu werden. Kohl gelobte, dies bereits am nächsten Tag bei einem festlichen Essen mit Margaret Thatcher zu erproben. Während des ganzen Essens grübelte er unentwegt, was er wohl unternehmen könne. Deshalb entwickelte er auch bei jedem servierten Gang nur geringen Appetit. Das fiel sogar der Premierministerin auf und sie sagte: „Sie essen ja heute so wenig, Herr Bundeskanzler. Schmeckt es Ihnen etwa nicht?"
Darauf Kohl galant „Neben Ihnen, gnädige Frau, würde jedem Mann der Appetit vergehen!"

helmut

43

Gerhard Schröder

Dreimal gefreit, tiefschwarze Haare,
kommt selbst der „Gerd" jetzt in die Jahre.
Einst hat regiert er voller Spaß,
heut handelt er nur noch mit Gas.

Gerhard Schröder hat sich bei einem Spaziergang im Schwarzwald
verlaufen. Als ihm zum Glück ein Holzbauer mit seinem Langholz-
fahrzeug begegnet, fragt er diesen nach dem richtigen Weg.
Antwortet dieser: „Setz di halt hinte druff uff de längste Boam. I bring
di dann scho hoim!"
Das funktioniert auch völlig problemlos und als sich Schröder für die
Hilfe bedanken will, sagt der Bauer:
„Scho gut, i hätt ja sowieso an rote Lumpe hinte droa binde müsse!"

gerhard

Er/Sie sollte – wenn der Erfolg ausbleibt – zu den GRÜNEN wechseln. Diese bekämpfen nämlich Abschaum jeder Art.

Renate Künast

Von Anfang an war sie dabei,
als richtig *grün* noch die Partei.
Sie mag Atom nicht, kein Ozon,
doch für Jamaika stimmt sie schon.

Joschka Fischer

Als Student oft Bösewicht,
falls andre Meinung passt ihm nicht.
Doch später war er lammesfromm
in New York, Paris und Rom.

Joschka Fischer wurde mit einem Bußgeld belegt, weil er gegenüber einem Außenministerkollegen erklärte:
„Kohl has a arseface!"
Als er am nächsten Tag den Kanzler beim Kaffee im Bundestags-Restaurant traf, fragte er ihn hinterfotzig: „Na, wie schmeckt Ihnen der Einlauf, Herr Kohl?""

renate

joschka

Philipp Rösler

Gesundheit lag ihm mal am Herzen,
auch *Wirtschaft* konnte er verschmerzen.
Doch später fand er schnell Mandat
in diversem Aufsichtsrat.

Gregor Gysi

Ein exzellenter *Doktor jur.*,
Scharfsinn und Rhetorik pur.
Doch Prädikat wär` unverdient,
falls er der Stasi treu gedient.

philipp

gregor

Wolfgang Schäuble

Die „schwarze Null" hat er gepredigt,
als Schwabe dann auch prompt erledigt.
Dem Bundestag steht er heut vor
und dirigiert stolz diesen Chor.

51

Still gestanden! Die Augen...

Rudolf Scharping

Zuerst noch Chef in Rheinland-Pfalz,
dann per *Dienst-Jet* ab zur Balz
nach Mallorca, wo er cool
mit Tina turtelte im Pool.

Die Beziehung mit Kristina Gräfin Pilati von Thassul zu Daxberg ging
jedoch baden...

Thomas de Maizière

Er war der Herr der Innereien,
doch nun bekam er andre Weihen:
Kommando hatte er sofort
bei Bundeswehr an jedem Ort.

Ursula von der Leyen

Befördert wurde sie vom „BUND"
nach Brüssel. Dort gehts richtig rund.
Den Sprung auf der Karriereleiter
schafft sie recht souverän und heiter.

Annegret Kramp-Karrenbauer

Als „Faschings-Gretel wohl bekannt
ward´ AKK zum Chief ernannt.
Stramm stehen vor ihr die Soldaten
aus allen möglich Dienstes Graden.

D a s Kandidaten-Karussell

Jens Spahn *)

Corona hält ihn in den Klauen,
Männer zieht er vor den Frauen.
Obwohl sein Job bestimmt nicht leicht,
bei der *Gesundheit* er nicht weich(t).

Armin Laschet

Regierungs-Chef von NRW
zaudert manchmal, wenn´s tut weh.
Doch jetzt ist er die Number One.
Auf geht´s Armin: Du bist dran!

Friedrich Merz

„Auf eines Bieres Deckel kann
man Steuern rechnen, irgendwann!"
Er hat bis heute nicht verschmerzt,
dass man ihn damals *ausgemerzt*.

Norbert Röttgen

Durch das große Umwelt-Rohr
hat er betrachtet einst Ressort.
Doch unlängst tat er sich bewerben,
um AKK nun zu beerben.

*) Vor kurzem startete mein Enkel Noa Mühlbeyer den Versuch, in meine zeichne-
rischen Fußstapfen zu treten.
Und so opferte ich ihm gerne den Platz für Jens Spahn, um dort seine allererste
Karikatur abzubilden. Ich bin stolz auf dieses siebenjährige Talent.

Jens

Noam 2021

armin

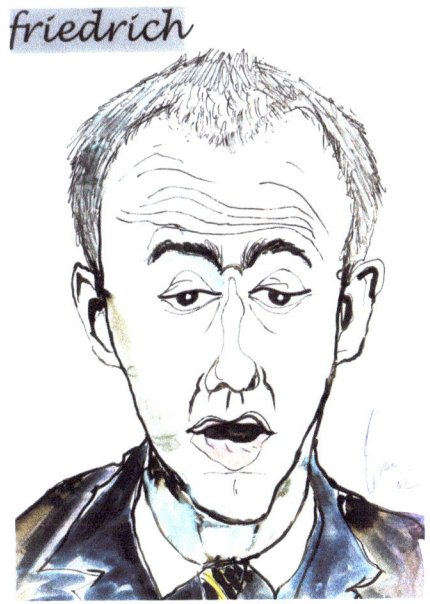

friedrich

Norbert
for future

55

Markus Söder

Er ist ein Freund der starken Worte,
in der Musik nennt man dies „forte".
Des Volkes Mehrheit könnt´ verstehen,
ihn in Berlin *ganz vorn* zu sehen.

Eine kleine Humor-Kostprobe:
Wer läuft durch den tiefen Wald und muss niesen?
Rotzkäppchen!
Und was läuft über eine Wiese und raucht?
Ein Kaminchen!

Ilse Aigner

Unsren Bauern stand zur Seit
die Aigner Ilse, fesche Maid.
Sie hat verwaltet ohne Mühe
den Drink vom Unterleib der Kühe.

markus

ilse

Olaf Scholz

Ein Cooler aus dem Hohen Norden
glänzt mit Taten – wenig Worten.
Und stellen sich auch manche quer,
Finanzen schafft er flott daher.

Die Abbildung auf der rechten Seite wurde meinem Buch
„Dann mal gute Besserung!" entnommen.

SPD-Granden und...

rpi me foot d' 1449

59

Saskia Esken

Wie konnt` einst stolze Volkspartei
zulassen, dass es einerlei,
von wem sie fortan wird geführt?
Man hat die falschen ZWEI gekürt.

saskia

Karl Lauterbach

Experte ist für Ach und Weh
aus der Partei der SPD
der Karl mit hoher Profession.
Corona setzt ihm auf die Kron`.

Treffen sich drei Linienmaschinen über Berlin.
In allen sitzt der Karl Lauterbach, der zu Talkshows eingeladen ist.

karl

Sigmar Gabriel

Ob die *Wirtschaft* oder *Außen*,
Parteivorsitz – den ließ er sausen.
Am Nagel hängt jetzt Politik –
Figur ist auch nicht mehr so dick.

65

Björn Höcke

Erst Lehrer in der BRD,
dann „Sprecher" bei der AfD.
Karriere-Leiter ohnegleichen.
Hoffentlich muss er bald weichen!

Björn

„ROTE" im Dreierpack

Wolfgang Thierse

Ein *Weckle* wird niemals zur *Schrippe*.
Auch nicht mit `ner Berliner Lippe.
Ach Wolfgang, bleib doch, wo du bist
und motz net rum mit so `nem Mist!

Klaus Wowereit

Die Bundeshauptstadt war regiert
vom „roten Klaus" ganz couragiert.
Auf Partys und auch andren Festen
schäkert er mit – männlich – Gästen.

Treffen sich zwei Schwule.
Sagt der eine: „Du, mir ist gestern das Kondom geplatzt!"
Der andere: „Was, im Ernst?"
„Ach wo, im Klaus!"

Oskar Lafontaine

Er wirkte manchmal wie Despot,
geriet dann in Prostata-Not.
Doch als die Sahra er gefreit,
war auch zu Scherzen er bereit.

wolffgang

klaus

oskar

Mir Schwoabe kennet alles außer Hochdeitsch!

Lothar Späth

Als er das Rädchen überdreht,
kam Reue leider etwas spät.
Verlor Verordnung aus dem Blick:
Segelausflug brach Genick.

Erwin Teufel

Wie einfach war es doch vor Jahren.
Man brauchte nur nach Stuttgart fahren,
wollt´ man den Landesfürsten sehn.
Es hieß: „Du kannst zum Teufel gehn!"

Günther Oettinger

Nach Brüssel wurde er geschoben,
wo sie sein „perfect English" loben.
Jetzt genießt er Ruhestand,
doch mit der Wirtschaft – Hand in Hand.

Winfried Kretschmann

DER Landesvater für uns Schwaben.
Was für ein Glück, dass wir ihn haben!
Solide, ehrlich, kompetent
und wenn es sein muss – konsequent.

lothar

erwin

günther

winfried

Greta Thunberg

Die Mächtigen der ganzen Welt
hat diese Göre bloßgestellt.
Sie wurden sämtlich vorgeführt.
Kein Widerspruch hat sich gerührt.

Hier sieht man die *Person des Jahres*, die damit berühmt wurde,
dass sie sagte, es wäre ganz gut, wenn endlich mal jemand etwas
unternehmen würde.

Greta

Dieter Zetsche

Jeder Fahrer wünscht sich gern
ein Auto mit Mercedes-Stern.
Sehr viel verstand von Technik-Dingen
der Dieter, dort in Sindelfingen.

Manchmal ist es mit der Krise wie mit Helene Fischer.
Man fragt sich: „Wo ist sie denn abgeblieben?"

dieter

75

Gut-Menschen und Schein-Heilige

Clemens Tönnies

Als Gutmensch war ich nur bekannt,
auch Schalke hat dies gern erkannt.
Doch dass ich nun ein Böser sei,
das ist `ne Riesen-„Schweinerei"!

Rupert Stadler

„Nie hab ich etwas nicht gewusst,
keiner Schuld bin ich bewusst.
Audi tat noch nie betrügen.
Premium-Luxus kann nicht lügen!"

Uli Hoeneß

Maßkrug, Weißwurst, Lederhosen:
Bayern ist nichts für Mimosen.
Ein paar Jährchen durft´ er zittern
wegen Steuern hinter Gittern.

Walter Mixa

Als Bischof war der „Watschn-Walter"
kein guter Religionsverwalter.
Ein *Hohepriester,* welcher lügt,
sein Fußvolk hemmungslos betrügt.

Clemens
Tönnies
04

Stadler
Rupert

uli

Trainer, die man

( ) nie

( ) gerne

   vergisst. (Zutreffendes bitte ankreuzen!)

Heiner Brand

Ein Taktikfuchs in seinem Sport,
die Mannschaft hörte auf sein Wort.
Spielt nicht mit Fuß, sondern mit Hand:
Profi mit Schnauzer – und Verstand.

Joachim (Jogi) Löw

Aus der Nase, Unterhose,
schöpft er Rat in zarter Pose.
Gibt gestenreich die Richtung vor:
„Da müsst ihr hin, dort steht das Tor!"

„Wir spielen heute mit einem Torhüter und mit Abwehrspielern. Und wir spielen natürlich garantiert auch mit einem Stürmer!"

Als Nachfolger für einen Trainer, der sich von einem absteigenden Ast zum anderen hangelt, wird bereits heftig Loddar Matthäus gehandelt, auch als Verehrer alles Weiblichen bekannt.

heiner

jogi

79

Fußball ist unser Leben!

Jürgen Klopp

Mit seinem aktuellsten Sieg
beglückte er die Premier League.
Selbst die Bayern wären froh,
trainierte er bald *anderswo.*

Steffi Jones

Sie war der Boss vom Frauen-Team
und lebt mit Partnerin intim.
Sie kickte 16 Jahr ganz oben.
Angebracht, sie mal zu loben.

Ralf Rangnick

Ein Trainer ist der *Chef vom Team,*
weshalb die Spieler folgen ihm.
Ralf Rangnick hat schon oft bewiesen,
wie man auch Zwerge formt zu Riesen.

Jupp Heynckes

Torgefährlich war der Jupp,
ganz egal, bei welchem Club.
Half aus bei Bayern – viele Titel –,
gebrauchte nur legale Mittel.

kloppo

steffi

ralf

jupp

Pep Guardiola

Als Fußballtrainer war der Pep
wie auch als Spieler nie ein Depp.
Bei Barca hat er´s Kicken g´lernt,
in München sich davon entfernt.

Rudi Völler

Erschien der Stürmer vor den Toren,
waren Keeper meist verloren.
Rudiiiiii schrien dann die Massen
aller Bundesliga-Klassen.

Felix Magath

Der „Quälix" kam von Wolfsburg her,
weil ihm die Blauen boten mehr.
Auf Schalke hätt er alle Macht.
Zumindest hat er das gedacht…

Louis van Gaal

Der Hoeneß brummte, s`wär fatal,
was er sich leistet, dieser Gaal.
Er spuckte in die Bayern-Supp,
drum holte man den Heynckes Jupp.

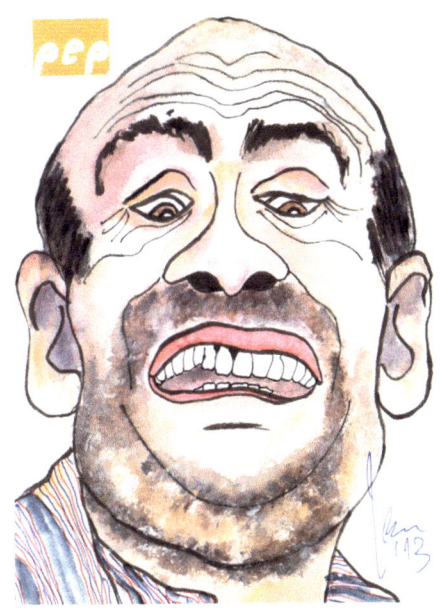

Ehren-Männer par excellence

Joseph Blatter

Den Joseph man noch dunkel kennt
aus achtzehn Jahren Präsident
der FIFA, doch auch ebenso
als Schmiergeldsammler anderswo.

„Ich, der Oberwalliser Bergler, bin in meiner Gutgläubigkeit schlimm
enttäuscht worden!"

Franz Beckenbauer

Man nennet ihn den „Kaiser Franz",
war doch sein Spiel voll Eleganz.
Heut schlägt er Bälle übers Feld
beim Golf. Verdient mit Werbung Geld.

Kaiser Franz gerät in eine Verkehrskontrolle. Er hat jedoch seine Papiere
nicht dabei.
Fragt der Polizeibeamte: „Ihr Name bitte!"
„Jo, i bin doch der Beckenbauer."
„Verschaukeln kann ich mich selber", sagt der Polizist.
„Also jetzt Ihren richtigen."
„Johann Sebastian Bach."
„Na also, geht doch!"

„Damals hat die halbe Nation hinter dem Fernseher gestanden."

joseph

kaiser
franz

Philipp Lahm

Er genoss viel Sympathie,
ein falscher Bruder war er nie. *
Die Konsequenzen zog er nun.
Hat auch bei Aldi gut zu tun.

*Michael Ballack sieht das anders…

Philipp

Lukas Podolski

Er war im Team der Stimmungsmacher,
seine Tore – meist d e r Kracher.
Als *Kölscher Jung* fand er viel Trost
beim Geldverdienen in Fernost.

Per Mertesacker

In der Abwehr längster Recke,
lenkt er den Ball **per** Kopf zur Ecke.
Hatte `nen Vertrag bei Bremen,
gern wollten ihn auch andre nehmen.

Bastian Schweinsteiger

Nach 17 Jahren Bayern-Treue
schenkt er der Ana seine neue.
Erst *Mittel-Feld* in USA,
nun mit Familie wieder da.

Schweini hat Geburtstag. Poldi schenkt ihm eine ganze Tüte voll mit Silvesterkrachern. Sofort rennt Schweini begeistert ins Freie, um sie auszuprobieren und kommt kurz darauf total enttäuscht zurück:
„Mensch, die funktionieren doch gar nicht!"
Poldi: „Das kann nicht sein. Ich habe sie doch vorhin selber ausprobiert!"

Lukas

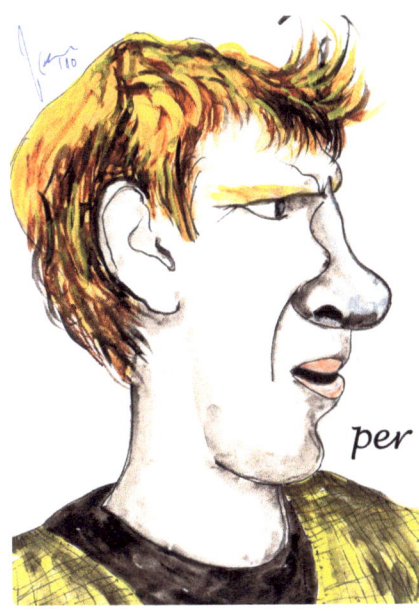

per

schweini

Serge Gnabry

Man sieht´s ihm ganz gewiss nicht an,
dass er auch Schwäbisch sprechen kann.
Heut ist er 90 Mio. wert.
In Nationalelf nicht verkehrt.

Serge
Gnabry

Unsere „WELT"-Torhüter

Olli Kahn

Manch blonde Maid sprach er einst an
und schleppte sie auf seinen Kahn.
„Titan" ist als Experte heute
ein Sprachrohr für die kleinen Leute.

Wenn der Oliver Kahn einen Furz lässt, dann wird der Inhalt
aber auch ewig aufgeblasen.

Manuel Neuer

Was macht der Manu, wenn er nicht
mehr hält den Bayern-Kasten dicht?
Pflegt *Head & Shoulders* dann sein Haar?
Oder macht sich Werbung rar?

Vielleicht liegt ja hier gar kein Stroh rum, sondern nur der Manu Neuer.

Spiel, Satz und Sieg: Steffi Graf!

Steffi Graf

Im Ranking war sie „number one",
bis dann gewann Agassi-Mann.
Ein Vorbild stets auf rotem Sand.
Sie spielte Gegner an die Wand.

Boris Becker

Vor Geilheit war nicht mehr zu retten
auf Treppe zwischen zwei Toiletten
das Bobbele. Gab seinen Samen
`ner Russin, Angela mit Namen.

Was würde der Boris machen, wenn er im fünften Stock aus dem Fenster
fällt?
Seinen härtesten Aufschlag!

steffi

boris

Da schweigt des SPORTLERS Höflichkeit

Sascha Zverev

Oft war ein *Girl,* ein *Model* da.
Die Namen: Brenda, Olya.
Wer wütend Schläger oft zertrümmert,
sich kaum um Liebes-Partner kümmert.

adidas

Sascha
Z.

97

Novak Djokovic

Die Nummer Eins nicht nur auf Sand
schmettert, sliced mit sichrer Hand.
Als er vom „Bobbele" betreut,
hab ich den Spielbericht gescheut.

novak

Roger Federer

Egal ob Rückhand, Longline, Stop,
der Roger ist in allem top.
Der Grandseigneur auf grünem Rasen
begeistert über alle Maßen.

Von den zahlreichen Dankschreiben, die ich nach Zusendung meiner Uni-
kat-Tassen und Masken etc. erhielt, möchte ich eine herausgreifen, die mich
ganz besonders stolz macht.
Roger Federer ist für mich d a s Sport-Idol überhaupt sowohl in sportlicher
als auch in menschlicher Hinsicht.

„Sehr geehrter Herr Böhret,
vielen lieben Dank für Ihren Brief zusammen mit der überaus originellen
„Böhret-Tasse" für Roger. Wow – Roger fühlt sich wirklich sehr geehrt, dass
er zu den Auserwählten gehört, die so ein Unikat von Ihnen erhalten. Diese
Tasse wird bestimmt einen Ehrenplatz erhalten. Sie haben wirklich großes
Talent!
Freundliche Grüße
Neva Graf, Managing Director Roger Federer Familiy Office"

roger

Auch Autorennen sind Charaktersache…

Michael Schumacher

Im roten Flitzer war er Star,
nachher wurden Siege rar.
Ein Unfall schubste ihn vom Thron,
ins Cockpit steigt nun Mick, sein Sohn.

Seb Vettel

Flügel tät Red Bull verleihen,
so lässt der E-Drink prophezeien.
Doch bei Ferrari wurd´s bescheiden.
Man kann sich heute nicht mehr leiden.

schumi

Seb

Finito!

... und dann gab es ja auch noch RANDSPORTARTEN ...

Claudia Pechstein

Warum sie nur so etwas tut:
angeblich Doping kreist im Blut.
Alle führte sie aufs Eis,
doch letztlich fehlt für Tat Beweis.

Jan Ullrich

Es hat erforscht das BKA,
dass „Ulle" war doch mehrmals da:
in Spanien bei `nem Mediziner,
bekannt für Doping. Ein Schlawiner.

Vitali Klitschko

Schwergewicht im Doppelpack:
Die Klitschko-Brüder sind auf Zack.
Vermutlich gehen sie nur zu Boden
nach einem Tiefschlag auf die ...Blase.

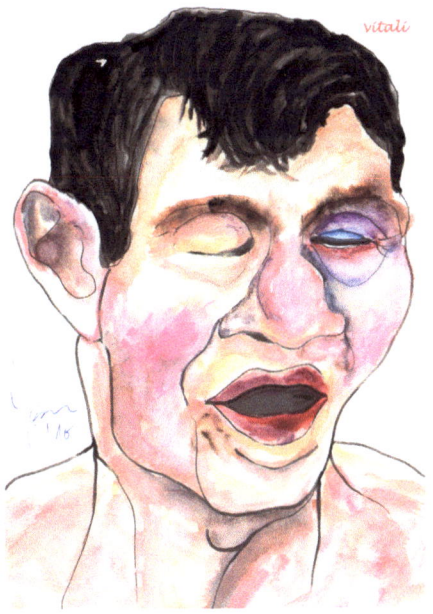

Hommage auf WAHRE Humoristen, Satiriker und Kabarettisten

Loriot

Film, Buch, Sketch und andre Sachen,
was er auch brachte, war zum Lachen.
Nicht „Comedy" und Sprüche kloppen.
Sein Humor war (ist) nicht zu toppen.

Dieter Hildebrandt

„Lach & Schieß" war sein Ressort,
Schlitzohrigkeit und Bös-Humor.
Kabarett mit Leib und Seel.
Stets scharf gedacht, doch ohne Fehl.

Heinz Erhardt

Dank Wilhelm Busch lernt´ ich das Reimen,
doch Humor tat in mir keimen
mit „Der Berg" und andren Sachen
im Rundfunk. ´s war zum Tränenlachen.

Gerd Dudenhöffer

Der *Becker Heinz* ist Komik-Kult,
ein Bruddler voller Ungeduld.
Auch auf der Bühne als Solist
beschreibt er, wie das Leben ist.

loriot

dieter

heinz

heinz

Stars, schräge Vögel und Allein-Unterhalter

Udo Jürgens

„Mit 66 Jahren"
hat Udo wohl erfahren,
dass *Jopi* noch auf Bühne lehnt,
hat drum Tourneen ausgedehnt.

udo

109

Karl Lagerfeld

Der Star-Designer galt fürwahr
als der Pariser Modezar.
Als Künstler mit dem Pferdeschwanz
verlieh er vielen Promis Glanz.

Harald Glööckler

Ein schräger Vogel, cooler Typ.
Vermarktet alles – falls es hip.
Liebt seinen Partner und den Hund.
Hoffentlich bleibt alles g´sund.

Obwohl dauernd behauptet wird, die *wahre Schönheit* käme von innen, leben Heerscharen von Kosmetikstudios, Coiffeuren und Schönheitschirurgen von der Reparatur der Außenfassade.

karl

Haarald

Jürgen von der Lippe

Comedian mit Adels-Titel
scheut auf dem Bildschirm keine Mittel,
mit originellem Derbhumor
zu öffnen Fan-Gemeindes Ohr.

jürgen

Dieter Bohlen

Bei Einbruch wurde einst gestohlen
ein Anstands-Rest von Dieter Bohlen.
Weil sonst nicht viel zu holen war,
sucht Deutschland jetzt den Super-Star.

„Wenn du auf der Straße ein Liedlein trällern würdest, würde mir mein Navi im Auto automatisch eine Umleitung anzeigen."

Können Sie mir sagen, wo der Dieter Bohlen wohnt?"
„Oh ja, Tötensen."
„Und wo wohnt er?"

Ein Kunde betritt eine Metzgerei, um sich Hirn fürs Mittagessen zu kaufen.
Auf einem Schild wird für verschiedene Arten von Hirn geworben.
Er fragt daraufhin den Metzger: „Was kostet denn Ingenieur-Hirn?"
„8 Euro je 100 Gramm."
„Und Arzt-Hirn?"
„10 Euro pro 100 Gramm.
„Und was müsste ich für 100 Gramm Comedian-Hirn anlegen?"
„100 Euro für 1 Gramm."
„Was, warum ist denn das so teuer?"
„Ja, was glauben Sie denn, wie viele Comedians man schlachten muss, um 1 Gramm Hirn zu bekommen?"

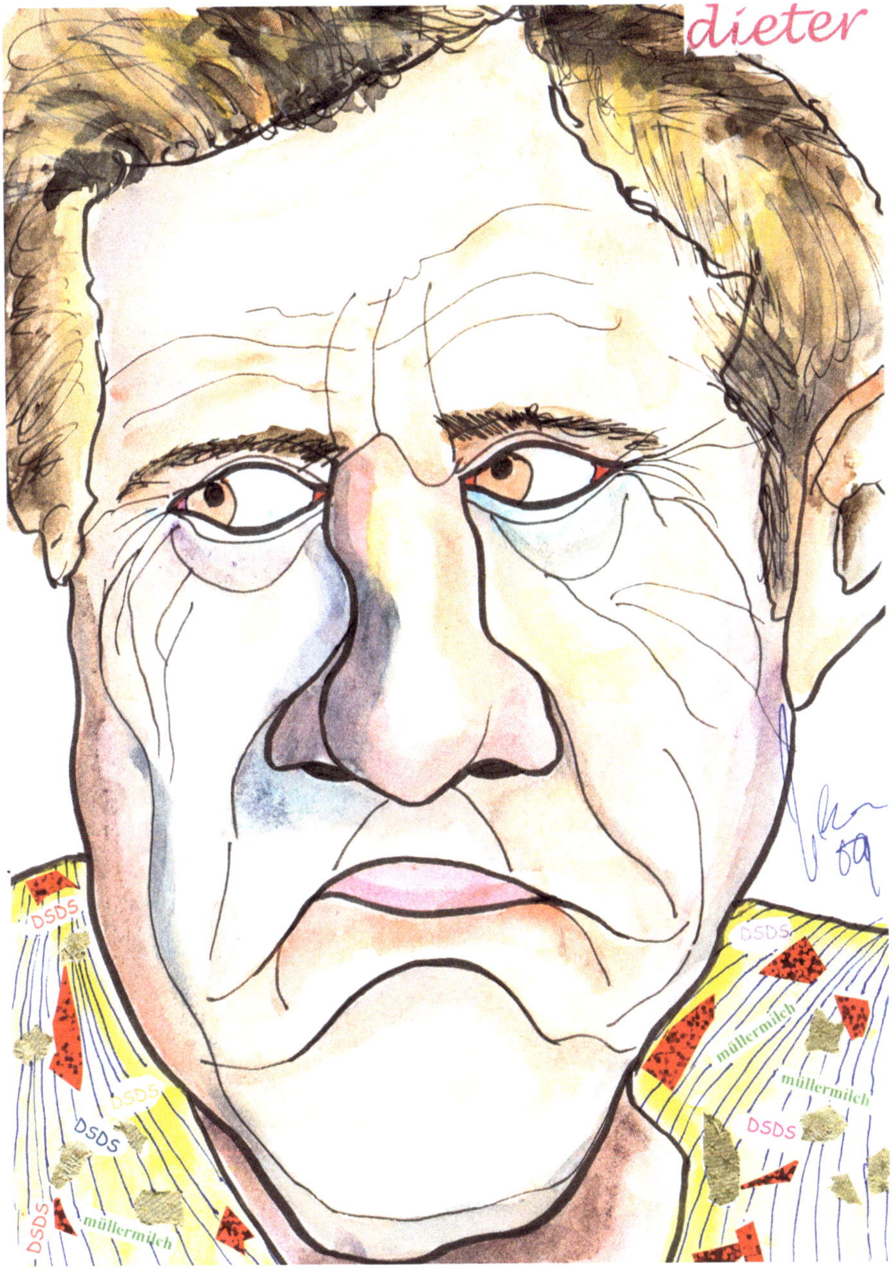

dieter

115

Thomas Gottschalk

Bei Einschaltquoten war er Top,
landete selten einen Flop.
Kurt Felix mit „Versteh´n Sie Spaß?"
fand ich besser. „Wetten dass?"

(Mein *Jugend-Bildnis* aus längst vergangenen Erfolgsjahren schmeichelt ihm leider gewaltig…)

Alice Schwarzer

Emanze hin – Emanze her,
`ne Frau zu sein, ist manchmal schwer.
Wenn dann auch noch s´Finanzamt droht,
wird umso größer Wut und Not.

Urban Priol

Kabarettist mit vielen Preisen,
konnt´ „Aus der Anstalt" sich beweisen.
Texte sind intelligent.
Na klar, wer ihn als Lehrer kennt.

Otto Waalkes

Der Otto aus Ostfriesenland
ist auch als Komiker bekannt.
Comiczeichner, Film, Musik.
Die *Ottifanten* brachten Glück.

thomas

alice

otto

Udo Lindenberg

Der Udo – unser Panik-Rocker -,
lässt auch bei Malkunst nicht mehr locker.
Cartoons per *Alki* auf die Schnelle.
Er nennt sie sinnig „Likörelle".

Wir beide stellten schon mal gemeinsam aus.
Immerhin bildete die Rhein-Neckar-Zeitung damals in ihrem Bericht meine
Barack-Obama-Karikatur in Großformat ab und erwähnte den Udo auch so
ganz nebenbei. Wow!!!

udo

Mike Krüger

Manch einer hat ´ne schwache Blase,
doch Mike brilliert mit starker Nase.
Manch Lady träumt, dass er beweist,
obwohl er nicht *Johannes* heißt…

mike

Karl Dall

Beim Karl hing sichtbar s`Augenlid,
was besser ist als andres Glied…
Seine Späße waren deftig,
drum lachte Publikum gern heftig.

Leider ist der Karl vor kurzem verstorben.
Dennoch – oder vielleicht gerade deshalb – möchte ich ihn an dieser Stelle
als einen originellen Spaßvogel würdigen.

karl

Horst Lichter

Den Lichter Horst schon mancher mochte,
wenn er im Fernsehn Leck´res kochte.
Doch nun sorgt er sogar für BARES,
sofern man findet Omas RARES.

Jorge Gonzàles

Der Mann aus Kuba ist bekannt
als Laufsteg-Trainer hier zu Land.
Bei „Let´s Dance" ganz aktuell
und „Germany´s Next Topmodel".

An dieser Stelle hätte sich bestimmt auch gerne das allmählich etwas verblühende Model **Heidi Klum-litz** positioniert.
Da ich aber in diesem Band keine Ganzkörper-Akte abbilde (wobei ich in der Regel sowieso eher U-30-Damen bevorzuge), fiel sie in jeder Hinsicht durch mein enges Raster.

horst

Jorge

125

Ulrich Wickert

Das Neuste hat er stets verklickert
mit Charme und Wissen: Ulrich Wickert.
Er servierte mit Niveau,
was hier geschah und anderswo.

Jan Böhmermann

`Nen Ziegen-Harem gibt es nicht,
drum war so schmählich sein *Gedicht*.
Das musste er doch vorher wissen,
dass er´s mit Erdi nun versch…

Michel Friedman

In Talk-Shows gibt er sich meist bieder,
doch *im Duell* macht er sie nieder,
die Gäste, die er eingeladen.
Hat mancher nachher psychisch Schaden?

ulrich

Jan

michel

Aus-gezeichnet!

Bisher von Rudi Hans Böhret bzw. unter seinem Pseudonym Fabio Marotti erschienene Bücher mit ISBN-Nummer
(auch als eBook)

Besser vom Böhret gezeichnet
als vom Leben
vergriffen!

Deftig-derbe
Bauernsprüche
ISBN 978-3-8370-7476-5

Ene mene mu -
und tot bist DU!
ISBN 978-3-8334-7539-9

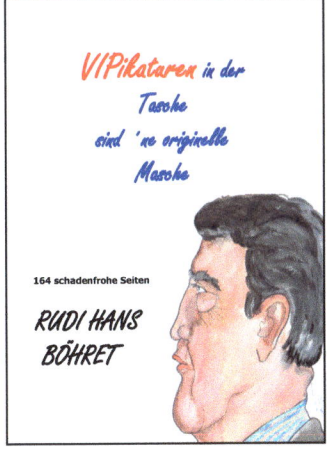

VIPikaturen in der Tasche
sind ne originelle Masche
ISBN 978-3-8423-1440-5

Was, schon wieder
Venedig?
ISBN 978-3-8619-6101-7

Es war kein
Hexenschuss
ISBN 978-3-8462-6743-9

Tausche Krähenfuß
gegen Lachfalte
ISBN 978-3-7322-4248-1

Keine Gnade für
Blondinen
ISBN 978-3-7322-8448-1

FABIO MAROTTI

Liebe Grüße
vom

Humpel
stilz
chen

Zwölf haarsträubende Kriminal-
Stories

Liebe Grüße vom
Humpelstilchen
ISBN 978-3-7357-6316-7

Flotte Linse &
kesse Lippe
ISBN 978-3-7386-0335-4

gut abgehangen
ISBN 978-3-7347-6759-3

Euch schaffe ich auch noch
ISBN 978-3-8391-2808-4

RUDI HANS BÖHRET

Dann mal gute Besserung!